r. trevizano dos santos-anjos

(lê-se Rê) é natural de Ubá, interior da Zona da Mata de Minas Gerais, o que faz de si bicho do mato — ou bich@ d@ mat@. Atualmente, vive entre Rodeiro-MG e São Paulo-SP, pesquisando literatura e cinema queer/cuir em intersecção com santidades, fantasmagorias e monstruosidades, com mestrado pela ECA-USP (2022), onde se graduou em Audiovisual (2018).

MÁGICAS DORES MÍNIMAS

r. trevizano dos santos-anjos

editora Urutau
primeira edição
2022

O —

editora Urutau

avenida peirao besada, 6 – 2D
36163 poio-pontevedra
(espanha)

rua cajus, 478
jardim das cerejeiras, cotia — sp
brasil
06724-015

[+55] 11 94859 2426 [brasil]
[+34] 644 951 354 [galiza]

www.editoraurutau.com.br
contato@editoraurutau.com.br

[EDITORES]
tiago fabris rendelli & wladimir vaz
[COORDENAÇÃO DE REVISÃO]
debora ribeiro rendelli
[REVISÃO]
rodolfo andrade
[DIAGRAMAÇÃO]
victor h. azevedo
[CAPA]
victor h. azevedo, sobre fotografia de sies kranen

dados internacionais de catalogação na publicação (CIP) de acordo com ISBD

santos-anjos, r. trevizano dos
S237m mágicas dores mínimas / r. trevizano dos santos-anjos. - cotia: urutau, 2022.
112 p. ; 14cm x 19,5cm.

ISBN: 978-65-5900-310-5

1. literatura brasileira. 2. poesia. I. título.

CDD 869.1
2022-2200 CDU 821.134.3(81)-1

elaborado por vagner rodolfo da silva - CRB-8/9410

sumário

Eis que Amor solta-membro estremece-me
agridoce intratável reptílico.

Safo, em *Fragmentos completos*

PARTE I — MÁGICAS

mágicas

Dores mínimas
tão inesperadas quanto
a borbulha de uma espinha.

nona profecia

Viu no jorro do sangue da galinha esta profecia, no dia em que o vizinho mais próximo, a léguas de distância, apanhou longamente por chorar. Nesse dia, teve piedade, uma galinha se debatendo sem cabeça e traçando no chão palavras assim:

MANIFESTO CUIR

Se outrora se falava em antropofagia, pressupondo o gesto de comer e deglutir, pergunto-me onde vai parar o processado dessa digestão. A cultura que comeram, como é que a cagam? Sairá de um cu, é certo. Movimento cuir: o cu quer ir.

vacas

— Não quero construir nenhum discurso sobre as vacas, quero apenas vê-las.

— Mas isso já não é um discurso?

— O quê?

— Ver.

buraco

A vida se insinua
por buracos insuspeitos —
as samambaias no cimento,
as bactérias no vulcão,
o seu rosto no meu peito.

haicu da vaca

Amanhece, as vacas
ainda estão amassagadas
mas já espantam varejeiras.

pouso

Onde pousas o coração
ele fica.
Como a coruja sobre a
pedra.

esta história

Não, eles não vão escrever
este trecho da história.
Este trecho da história
vamos escrevê-lo nós,
esfaimados e monstruosas,
e falaremos da carne em êxtase
neste trecho da história.
Neste trecho da história
haverá luzes estroboscópicas
e extraterrestres, o milharal,
não haverá esta sede.
Esta história será mais legal.

haicu infernal

Rimbaud? Gozou escalavrado
mesmo ardendo
há mijar seus ácidos.

bípede

Como, se indizível,
quanto, e incontável.

monólito

Eu, você, um verso.

o amor é um gajo estranho

Tem bigodes brancos
e olhos recém-nascidos
as mãos que parecem chispas
e nos ossos o infinito.

dentro

Imagino todo o caminho
sombrio do seu reto
até o seu esôfago
passando pelas dobras
do seu ventre; dentro —
você acaso não sentiria prazer
com este alento?

andarilho

Sobre nada se detém
meu olhar andarilho
na via atravessado
feito um hino.

carrapato de capivara

Se calhar não é hoje
que me esqueço
de um destino:
será ontem,
Marte em Áries,
troncos, lirismos.
Vi como um átimo ou
como um riso; escancarado
feito de pele, mormaço, sentido.

gozo

Gozo sob o sol.

Meu corpo todo foi como
a palpitação de uma chama breve.

adivinhação

Lendo no sangue que pinga de seu nariz
adivinho abandonos, tremeliques
achaques retroalimentando-se
nos entrechoques do vento
sem a coberta para um
mamífero; o desmazelo
deitado como um carneiro
querendo meu leite e preferindo
ao frio da noite verde o vasto sem pios.

ambidestro

Com a mão esquerda nego
o que quis a direita, que acarinhou
um pelo ou com os dedos na arandela
fez surgir sobre a parede percevejos;
por essa não esperava e gargalhou
atravessada por bocejos pantanosos.
Era preciso esquecer-se, e teimando em
lembrar-se de margens roçudas, atinou
de permanecer imerso no Tempo. Confinada
nas suas dobras, os ossos ainda sabiam
notícias de tempestades, balbúrdias
presidenciais,
pasmaceiras e
uma lombeira extensa de imensas
morguidões. O que dizer dessa quilométrica
falta de serviço, falta de tato, falta de
inteligência mínima serpenteando
em minhas margens alagadas. Canso-me,
tatear me perdendo de ter sobremesas
para o caso de a távola reerguer-se.
Calo-me antes que Rei Cronos
volte ao campo de estertores
e novamente antecipando

o que se soube livre
e o que não coube.

átimos

Igrejas, panagens púrpuras, longos átrios,
nos vitrais se divisam contorções, corpos
que não puderam mais: Sísifo seria
um bem-aventurado, houvesse
meu tempo de provas sem provisões.
Trovas que quiseram tão castas,
mas turvas se alevantaram na fumaça.
Enluarada como fosse eu-mesmo, como fora
a cálida. Ritualística em noites estas mesmas,
atravessando a tempestade plácida. Repito
palavras, planos, pulsos que sempre sobrevêm
e assobios. Da infância, um lamento de cavalos.
Nos muros da juventude, tijolos rompidos
por carros. Trago nos pulmões grandes alvoradas,
e não mais que moscas roendo páginas.
Esqueci-me de lembrar outra vez do antes,
então já não são mais que prados e
não são mais que calhas.

igreja das almas

Acendo a vela maior que eu,
vejo o vapor libertar-se,
diluir-se em éter,
o sol no céu da Liberdade,
apagadas as lanternas japonesas.

Isto também passará.

Sigo meu caminho de mãos dadas,
inclusive nos afagamos na Igreja das Almas,
e os nossos pescoços que estalaram
sob a envergadura do Cristo

—> 3x90° = ?

Queda.
Aberto.
O Final.

cristus, st. cuirs

Manchetes me falando sobre alvoroços na lanchonete. Alvorada em que sangues jorraram de umas espáduas. Na cozinha, as espátulas ensanguentadas fazendo as vezes de facas e a parede como tábua. (No caso, seriam cebolas e não estas máculas). Um risco e, no vento, o tabule com cheiro de morte e mato. As bichas dizimadas em proveito dos machos. É tempo de ficção ou a verdade impalpável; de versos esdrúxulos e digestão difícil: em absoluto impalatável. Satânico conocerse e a um mesmo a si amar-se. Ora, de Cristus sois feitos, e com os mesmos caracteres a St. Cuirs gestar-se.

demo

Das tuas tetas verte
meu sumo insano.
Cuceta, cacete,
a cara do demonho.

um trajeto para a vida em um dia

Os Enamorados figuram como o ventre fecundo onde repousamos, de onde me arranco com um choque todas as manhãs, relampo, roço fora de minha caverna em direção à escadaria que leva a céus, a torre — outros patamares e também poderia ser dito que diariamente o dragão bafora seu jugo e desperta o cume enregelado, então os anjos são saudados, águas temperadas sobre o corpo deitadas e de seus cálices sobre o mundo altas vagas.

a primeira roda

Houve o tempo de balirmos,
e também mamamos,
também rugimos e
apascentados ruminamos
a relva sobrando
sobre os giros do mundo.

a imperatriz

Criai essas pontes à distância
cuidai dos filhos do silêncio
e essas fortalezas de criança
frágeis aos pios nos caibros
das pombas.

os enamorados

Uma cabeçorra metalizada
flutuando na projeção
atrás de Marília Mendonça —
feminejo, vaporwave,
nossos tempos.

No Ratinho, calouros cantam
"Você não me ensinou a te esquecer"
e desde já eu me arrepio.

o louco

Esvaziar todo o desejo,
voltar a ser um núcleo.
Olhos fechados e
respirar baste.

Uma flor, o Sol
na montanha,
urubus e cães

— e nem isso,
não mais.

haicu

Visto tua cueca
para trazer comigo
teu cheiro de cu.

bezerr@

Bom dia, e já vai tomando
seu mastercombo matinal
mix de vitaminas proteínas
lactobacilos vivos fortes
antioxidante natural
biotônico ácidos graxos
ômega-3 cálcio ferro cobre
tudo batido com banana +
a sempiterna seiva insana.

a raposa

Um olho na parreira
o outro no contrabandista,
caçador, comerciante
de peles caras.

baratinhas

A barata entrou
na minha mala
fez ninho
nasceram várias baratinhas
que couberam certinho
nas minhas
orelhas e narinas.

filho

Revirando-se como a falena flácida,
ó grande ingratidão tecida na treliça
metálica. Por que insistes em regurgitar
essa substância viscosa, essa candura
falsa, essa obsolescência trágica?

gato morto

Na beira da estrada
o meu gato morto.
Atropelamento ou
envenenamento,
impossível saber,
e o urubu bicando
destroços.

foice

Função da foice:
ceifar o trigo, antecipar
o mistério do pão
dormido.

fim

Quais são as suas últimas palavras?

Meu corpo todo foi como
a crepitação de uma flama breve.

PARTE II — DORES

haikai pós-apocalyptico

A Terra arregaçada,
crina de cavalo-marinho,
você não está comigo.

estes versos

São versos feitos de vísceras
vapores da erva e do incenso
litania de sangue, suor e
uma gotícula de veneno.

sebastiane

Sebastião,
eu tenho pensado em nós
e não tem sido bom.

De quantos bombardeios retornei,
Barata inescrúpula, e quanto
repudiaram minha casca.

A minha cara no espelho
do banheiro da sua casa.

Transito pelo mundo parado,
experimento esta velha velocidade:
o amor de homens ensombrecido,
o breu iluminado, a saudade.

satantango

Lentamente, as feridas inda lambo
no entanto, só o faço
no espaço entre os passos
do meu tango.

veado

Veja que chifres largos
o peito feito um moinho
trabalhando triturar aço.

primavera

Amar de seu corpo uma ausência,
nela, a força de faltarem verbos,
e à cata de substitutos encontrar
de frios invernos, o verso hirsuto.
Aliás, como um acento agudo, é preciso
sentar-se, deitados um emaranhamento
são já outros cheiros, são outros
os dedos e nesta sublimação
em que se encontram inda vapores —
é meu-deus que se calou
com um estrondo, é reencontrá-lo
em cinzas de Mama Trina, ver
o chifre apontando como um galo,
a manhã dizendo impropérios,
saber de caças e subterfúgios,
um mistério entre mares, lutos
nunca dantes remexidos; uma
procissão de lamentos, também
lampejou meu suor sob a fluorescência:
a primavera, justo de outras vezes
vem ventar horrores. É benta,
assim se faça calmamente,
a mim me contenta.

touro

Não... demora
e já moro
noutro corpo.

dia de apolo

“Não quero nem ver
quando essas merdas começarem
a cair nas nossas cabeças.”

Olhei para cima:
o helicóptero da PM,
o avião da GOL,
drones, satélites,
lixo espacial, urubus
voando em círculos,
cocô de pombo, espiral
do tempo, elipses, o Sol,
acima, além — temporal.

“A que merda o senhor
está se referindo,
afinal?”

mg-sp

Atravessamos a madruga,
a Dutra entre campos,
os braços roçando;
desejo entre bancos.
Do afeto possível
entre estranhos.

na estrada

Caldo de cana, grama esmeralda, carpas coloridas
criança a cavalo, motociclistas
cruz torta, coco gelado, cão vadio
os outdoors como Golias abatidos.

madame suculenta

Senhora dos espinhos
Mãe da santa seiva
traz em torvelinhos
saber a esta seita.

Sábado de aleluia

café expresso
contemplo a chuva
faz friozinho
pra lá da curva.

borda

A borda da página
será destinada a
uma vista qualquer:
entre árvores e arranha-céus
a bicicleta amarela
não enferrujará?
Pois chove.

cigana

Menina, quantos gatos
perdidos;
tu já podes
não temer
a morte.

E estas montanhas
intransponíveis,
torres, vírus;
tu já podes
não temer
os abutres,
seus rugidos.

o cacto

São as coisas secando
e ainda, no deserto vasto,
flor brotando sob o sol.

drácula

Porção de terra natal
onde deitar o caixão,
afinal mesmo exangue
vai saudoso o coração.

ubá

Minha cidade tem nome de rio.
Antes não o tivesse, afinal
um lugar que mata suas águas
nem nome nem rio merece.

nossa senhora do rosário

Diante do juiz:
Matar é fácil,
difícil é viver
entre essa gente
impávido.

divina tríptica

Divina Trina, manhã de quinta
a quina do nariz arrebitado
de lado a lado percorrendo a esquina.

spleen

Não é tristeza,
são os eflúvios da serpente inopinada
espiralando como o spleen.

minimal

Deru, 1979
Para o meu funeral.

Cigarrinhos morrem diariamente,
essa é a lei natural.
A fortaleza destemperada,
fome animal.

cegonha

Bicha grávida
a despeito dos prognósticos da Scientia;
abortar versos bastardos
e ligar as trompas
passada a ardência.

eternas ondas

Ele foi ter no mar
e eu sonho com as ondas
a ponto de acordar
com areia nas costas.

varão

Esta noite após afagos
sonhou que varava
sua resoluta solidão.

dia luminoso

Borboleta amarela sobre
as flores amarelas;
do mistério que observo.
Será a borboleta
uma flor que voa?
Tão perto!

antes

Não nasce dos barcos de pedra,
jazigos a água do mar. Verá se
uma corrente o poderá calar;
com o plâncton nas ventas
tendo feito de vento cabelos
para saber mais que uma ida:
voltar sempre, sempre retornar
à vaga sinuosa de seus cheiros.

ladra

A ladra das fantasias
foi a minha santi'ade
esfaqueada como este
fim de tarde.
Nos calabouços, diz-se
cão que ladra
não morde —
esganiçante lambe
que a ferida arde.

PARTE III — MÁXIMAS

cria

Inestimável filho
do absurdo, diz-me
anátemas com a
tranquilidade de um
casulo.

rãs

Que com vinagre temperamos y pelo finda tarde
assopramos para mode devorarles.
Eu traço buxo xei, como quisera
doutros modus sobiarse.
Na manhã de-pois que nascerá
terei nos dentes meus sorrisos.
Vós rãs
esgares.

alarme

Não quero o canto da arara
não posso o pano da aurora
não me levanto ainda, que
eu inda sonho c'outrora.

entroncamento

Socorro, o automóvel frenou
bruscamente: ou foi a vida?
Pratico minhas inversões
como quem acordadormece:
ou na vaguidão desta tarde,
ronronando bombas, soda cáustica,
e nas veias circularem implosões
terrestres.

canários

Não tenho mais que um ardor dormente
madrugada varada de interstícios
as penas repousando em ciano
latifúndio, o meu peito como a fragata
tombou e foi esquecido entre algas.
Penso em um pássaro afogado
e o destino já não parecerá
esta cisma: é preciso sobretudo saber
calar, e o tempo do canto virá como
o fogo nas searas sobre o ano zero.
Verás, virá: o fogo com asas alaranjadas,
canários, bicos e garras amarelas,
meus sonhos contigo não mais que
arandelas.

enguia

Turvo como pude ser, um dia, larga e rúbia.
Minha mãe é um mito, o meu pai: mito, mito.
Existem naqueles vapores imprecisos
onde a infância é sonho e solidão.
Castelos que caíram entre crocodilos.
Não há pai, não há pão, a terra
calou-se com interditos. Interrupção
de minha linha de raciocínio: diz-se que
não é mais possível inventar, já não se pode
mais inventar de chafurdar, sobem emanações
da lama. E quando os bichos cantarem, na mata
as bichas entrelaçadas, dir-se-á caiporas e
cataclismas. As cataratas virão, e desatá-las
será a lástima. Aos homens de bem se lhes anunciam
as últimas sirenas do Apocalipse, erguem-se as feras
e atravessam tambores por resolutas frestas.

neônio

Retomá-lo como de um dia sonhos imprecisos:
o cansaço largo de não-poder-dizer, o pesadelo
tecer-se em silêncio, esquálida mortalha,
o pântano dos dias. Verás, virá: como quem
falha em cavalgar. Virá, verás: pronto para
batalhas noutros campos nunciadas. Em nuvens
adivinhou-se a sua vinda, e ela foi escrita em véus
entre arabescos e vinhas. A sua ira em verdade
será pacificada em uma cidade curva, quando
todos tiverem entre os joelhos esquecimentos.
Nesse tempo, então, os gases terão se refeito
na superfície ensimesmada, e não haverá
a mínima lembrança de uma egotista
estapafúrdia traça.

grande dragão

Guardo-me o tempo de ser
um grande dragão de chifres
entorpecentes, flamejantes
cantando outra gota
no flanco da noite.

traça

Não posso mais dizer, então,
é uma grande tapeçaria o meu bocejo,
o desejo do que não pôde não ser dito.
Eu o digo como quem ferve o chá
antes de atormentar-se em dormir.
Eu o digo fervendo dentro de mim
lumpanares. Tenho saudades
daquela miríada silenciosa,
quando era fácil comer,
quando a palha não queimava
em tardeceres. Quando tu
tão casto tinha olhos sobre
margens doces e pererecas,
que as comemos com salada
e vinagre em máscaras em protestos.
Esqueci-me de lembrar-me de tudo, e hoje
são dias do remordimento, do aventurar-se
outra vez no descampado roído; e ver
outra vez na seara desértica o riso
do fogo que virá sem pressa
consumi-lo.

domingo

Amanhecerá, uma vez mais
será dia, outra vez estará
claro, claro. Meu sigma
se contrai como a serpente
alva, da prima astra. Minha
espinha tem um arrepio
da areia rara. Rebrilha
no céu como de círios
os sinos da Alvora
Máxima. Mas não vejo
senão sua contraparte
nas frondes lânguidas.
Deus, se nos divisa,
canta-ma.

estalos

Torto eu trago e traço
máximas. Nunca um verso retornará;
é outra a linha, outra a margem e
outro o sapo esperando. Na trinca,
divisou-se vento, se é outro
esmaecerserses.
A varanda se esqueceu dos azulejos,
isso foi no dia em que não era mais.
O cão na terceira dobra do morro
é dizê-lo pela regra trina, do retorno
retornando para o próprio prazer
de retornar. E as cambaleantes
anunciações. Fosse este um bestiário
em ordem alfabética — viria
Besta; Capivara; Carrapato;
Caruncho; depois de Arara;
Atônita; Aflita; Barontes;
Ácaro e depois ainda
Chupa-cabra e Crisálida.
No meu escudo um entalhe de águia.
Eu deixarei que venham manhãs e
eu deixarei de ser só a Treva Pálida,
a Rainha da Alvorada tem uma Espada

Luminescente em que se rompem
estradas. Eu lhe entregarei o meu caminho
e caminharei com seu calor macio.
Eu terei na fronte um vento que é
a um só tempo fronteira e se-esquecer-se.
Sendo bom, é um limite de estremecimento.
Não serei a estrela que se esqueceu do
tempo, não serei a besta e não mais que
a traça ou que a ratazana que se esqueceu
de um esvazio, porque eu me terei lembrado
de evanescer e esvaziar em um campo
junto às mais cálidas e prósperas
romãs, ou um professor
que se alegrasse em proferir
proparoxítonas.

tempo

Quanto tempo poderá ser dispensado à poesia por dia?
A pergunta estremeceu como um átomo alembrado.
Lumiou-se como um entalhe do século — transcorrido
muito embaralhamento, pôde enfim revelar-se.
Anúncios nos jornais já tinham sido há muito esquecidos,
os verbos nas esquinas não tinham mais serventia
em nenhuma daquelas paragens; só o ar, o campo,
a aragem mesma fazendo a curva do rio.
O povo se esqueceu de se lembrar
e havia riso sobre o tronco
do menino.

marcas

Escolhe-as com base em uma adivinhação catastrófica quando não plácida. Porquanto sejam muitos os rebatimentos nas arestas dos cristais, com os quais se teceu música em cavernas desde tempos imemoriais.

ontem

Etérea maquinação a encontrou às vésperas da primavera,
anteontem quando já não era mais que cedo, e hoje que
não é demais que tarde. Então outrora viu se curvarem
as asas dos enviados, viu que tinham nos olhos síndromes
e saudades dos círios dos céus, sentir de perto o tremor
de tempestades trovoentas relampantes, as saudades.
Havia nas nuvens esse suspiro que hoje são só dor
do pó se acumulando sobre ossos e as saudades
do voo aberto por desconhecer pântanos, plantações;
não saber o peito e não ter mais que um zelo pela
morada ulterior, que nem nome tinha, que não era
senão vapor, esquecimento, mansante peito, calente
e as tremblantes flamas da amplidão.

soluço

Na água até enrugar a glande, suspiro
entre as cataratas; meu braço se esqueceu
de se lembrar de um gosto, e minha assimilação
foi decaindo como o despertar de um anjo inacabado.
Ora que indiferença, ora que bafejo quente vindo do ventre
ora que são as agulhas do tempo
ora que são os mergulhos na aurora
ora que é a rua ocupada por dejetos
ora que são campos revestidos de
alimento. Chove lá fora.
Não sou mais que no tempo uma poça
que se esqueceu de se lembrar de um verso.

1811

1812
Palavras, a tecnologia me dita:
Quanto se saberá nessa métrica
fria? 1823
Palavras, e ainda ponteiros
dizendo bestalhadas:
"O primeiro dia."

guerra

Sonhava sempre com esse campo
em que vacas operavam seus remordimentos
ignorando que nas vizinhanças homens estrebuchavam
e regando a terra com rubor morriam estatelados. Os bois
com seus chifres formando uma lua crescente, como tal
prateados e perfeitamente indiferentes. Como
no pálio enluarado as tranças do tempo
cornudos seres juntos; o gado.

aguda

Ó a agulha sob a unha,
ajuda-ma.
Dos sonhos ranhuras,
vidraça sob a chuva.
A pele esperando
os olhos na curva.
Abre-te Sésamo ou
a tecnocrática estrutura.
Diz-se de um cordeiro:
lenha, fome, agruras.
E para um megafone —
grita, canta! Besta aguda.

pulso

Foi-lhe dada mais uma chance
de consultar o grande manancial
que era como estalar de fontes
oráculo inscrito na água e na
tela. Milagre sabê-lo não mais que
o achaque do modelo socioeconômico
de Eros.

almanaque

Faz frio outro outubro
e aqui dentro geme
o mundo forasteiro.
Procura como fora
insensato e mais
uma vez trancafiado.

A verdade é que
não há verdade na
impermanência dos dias.
E os fatos factuais viraram
versões menos críveis das
impressões da Virgem
sobre o vidro.

nona

Hoje cumprirei a sétima estiagem.
Vão vindo como sintagmas ou como
estigmas; na terra se talham anátemas,
nas antenas mensagens oblitecidas.
Voltam como de Vovó, a Nona,
batizada e enterrada em sua vila.
A minha vida foi de trevas transviada,
mas em luz se avolumou estremecida.
Eu voltei de véus e fui com varas
atravessando a seara, o sol na via.
A décima primeira e a aragem
vão varar até a próxima,
até a vista.

dias

Deixar tecer como se tramasse
a verdade dos dias, somente
para descobrir que é tempo
de as Virgens riscarem
a verdade nos vidros.

PARTE IV — MAGIA

a rosa queer

A rosa queer
sacrificada por ter
fa/calado demais.

k0ntr4t30ry4

O qorpo dysponýve0
à karýssya amyga
a glande retumbando
sob o frëhmyto da salyva.

Michel: da amyzadj como modo de vyda
Judith: da prekaryedadj como forsça atyva
Nós: as cryas yndyzýveys
das teoryas pós-estruturalystas.

festa

Os homens trajando suas máscaras faustas,
as danças para as damas destras. Ninguém
lembrou-se de se esquecer do passo,
ninguém no espelho com olhos a
turbasse. A cidade se esqueceu da trama
e a trança atravessou a praça. Depois
era uma vez mais a tarde fiandeira
no calcário fazendo alarmes. Por si,
consigo e diante de tudo, a paz
de nem mais achaques.

caça

Caçar, em noites como esta, não estar só. Atrás
vagar imagens de prédios antigos, riscos e
cheiros de dias se acumulando. Flamas;
traços nos olhos fúrias de saudades,
e os meus pés conhecem o passado
que pisou seu caminho, mas
já não é assim, e guardam
rosas queer o perfume do
vinagre em nossas faces.
Eu tremo não porque lembro,
mas porque esqueci como era
seu rosto. E sigo outras direções, qual
o vento que saberá uma sorte. E ainda mais
só que antes, uma seta formada entre serasses.
Piscando e parindo não mais mesmo que abates.

fera

Morta por haver
existido demais;
e tendo cumprimento
de sua selvageria
sua voracidade,
caiu sobre as máquinas,
varou o rio sugada
pela dor de caçar
minerais.

olhos

Quero os seus olhos
na minha bandeja
temperados com a beleza
de suas sobrancelhas.

cara

Quero que o seu cansaço
encontre na minha face
o repouso ansiado —
é o mesmo que dizer
que pode fazê-la de cadeira.
Isto é: sinta-se à vontade
para sentar-se sobre ela.

jenuflexório

Deste ângulo nos seus globos oculares
à altura da minha caça
vejo reflexos de luzes de Natal.

outro haicu

Não lavei as mãos
mode conservar nos dedos
seu cheiro de cu.

querer

Querer fazer
de você
verso queer
não saber
onde ter
mina.

palavras

Abrir-se o ventre da noite
com o fórceps da fumaça
e parir de olhos baços
não mais que
Palavras.

dores mínimas

Perseguir amor aos marsupiais do porvir
guardando com cuidado dores mínimas.

■ primeira edição
■ julho de 2022